어린 왕자로부터 새드 무비

박남준

시인의 말

돌아보는 영혼에 화끈거리던 열기

얼굴을 감싸던 두 손이 기억하리라

낯 뜨거운 시의 문을 언제 닫을까

그러나 또한 고쳐 생각한다

저만큼 재촉하는 바람의 시간이

탄식으로 눈 내리는 시베리아 자작나무 숲으로

그늘 깊은 사막의 사구 너머

별들이 기다리는 바오밥나무 아래로

나를 이끌고 갈 것이므로

신파처럼 낡은 창을 열어 놓고 있네

지리산 자락 심원재에서

박남준

어린 왕자로부터 새드 무비

차례

1부

동박새의 쉴 자리가
동백의 여백이다

절

푸른 바다가 들어와 머물기도 했지
발목을 빠져나간 늙은 양말이 눈에 밟히며
애써 이룬 수평을 흔들었다
젊고 뻔뻔한 후회가 스치며 혀를 깨물게도 했네
여기까지는 얼마나 흘러왔는가
지문을 찍듯 엎드려
낮고 겸손한 바닥을 몸에 새기는 것만이
절은 아닐 것이다
절은 할수록 절로 늘어
뼈마디마다 불꽃을 피우고
육탈 같은 다비가 일어나기도 한다
꽃잎의 주소를 따라가면 환해지고는 했지
강가에 나가 꽃배를 띄웠다
일상이 간절해야지
점점 작고 가벼워져
꽃배를 타고 건너가야지

내 안에 봉인된 삶이 있다

마당 앞 울타리 위
죽은 매화나무와
때죽나무 긴 그늘을 베어 세운
작은 솟대
새의 몸이었던 푸른 나이를 기억하므로
노래에 가닿을 수 있을까
누군가를 바라본다는 것
그의 사랑과 죽음
슬픔과 기쁨 또한 몸에 들여놓는 것이리
내 안에 봉인된 전생이 있다

누군가 나를 보고 있겠다
내가 새의 이전을 알고 있듯이

동백의 여백

동박새가 찾아와 쉴 자리가
동백의 여백이다
그늘을 견딜 수 없는 숙명도 있지만
다른 나무의 그늘에 들어야
잎과 꽃의 여백을 만드는 나무가 있다
동백의 여백을 생각한다
혼자 남은 동백은
지독하도록 촘촘하게
모든 여백을 다 지워서
가지를 뻗고 잎을 매달아
그 아래 올 어린 동백의 그늘을 만든다
곁에 다가와 노래하는 자리가
그 사람의 여백일 것이다
여백을 가지고 있는가
누군가의 여백을 위해 스스로
그늘을 가득 채워 버렸는가

젖은 시간이 마를 때까지

옛날을 적시네 겨울비
지난 일은 들춰지는 것인가
돌이킬 수 없는 사람이 보내온
돌이킬 수 있는 흔적들이 비처럼 젖게 하네
젖는다는 것
내겐 일찍이 비애의 영역이었는데
비에 젖은 나무들은 몸의 어디까지
슬픔을 기억할 수 있을까
젖은 나무가 마를 동안
햇살이 오는 길목을 마중해야겠지
언젠가 이 길을 달려오며 들뜨게 했던 기다림들
젖은 시간이 스쳐 간다
오래 흘러왔으므로
나무의 탄식도 몸을 건너갔다는 것을 안다
너를 향한 발자국이 희미할 것이다

말뚝과 반란

고정되어 있는 운명이 있다
누군가 다가와 그의 목에 줄을 매고
묶어 놓기를 기다리는
그렇게 해야만 목숨이 완성된다고 생각하는

바닷가 움직일 수 없는 말뚝 너머
물이 들고 물이 난다
닻줄의 시선으로 눈어림을 적신다
한 번쯤 저 말뚝 송두리째
해일을 꿈꾸었을까

세상의 어느 바닷가
포구에 흔한 말뚝이 외마디 단말마로 다가왔다
흐린 하늘과 취기 탓이었나
가물거리며 날아가 버린 날개
청춘의 반짝이던 문자들이
갯벌에 새긴 물결의 파문처럼 재상영된다

내게 박힌 말뚝은 무엇인가
흔적이 쉬지 않는다
생의 반란이 자꾸 틈을 비집는다

아름다운 이치

뒤뜰에 창을 냈다
사과나무 묘목은 언제 몸을 열까
궁금함과 기다림 사이
그리움이 움튼다
여전하다 소식 없다 꿈쩍없더니
비비비 한 사흘 비 갠
뜰에 내려 두리번거린다 딱새다
통통통 발자국을 찍는다
휘이청 기다리는 먹이를 물고
사과나무에 앉아 망을 보다 푸릉 떠난 가지
오오래 흔들린다
흔들 흐은 들들들 손 흔든다
산다는 것 서로의 다리가 되어
건너는 것이구나
그리하여 어린 사과나무의 긴 잠이 깨었는가
꼬물꼬물 꼼지락거리며
눈곱만 한 이파리를 내미네
한 잎의 초록도

사랑이 깃든 후에야 싹을 틔우는
저 아름다운 이치라니

입승과 먹줄 승

입승이라 불리며
시작과 끝을 다루는 이가 있다
절간의 결재 철에 선방의 기강을 세우는
책임자를 이르는 말이다
세울 입, 스님 승이라 생각했다
아니다 먹줄 승이다
바르고 참된 것으로 마땅한 점을 찍고 먹줄을 퉁겨
파낼 것은 파내고 남길 것은 남긴다는
먹줄 승이라니
얼마나 곧고 둥근 직선의 말이냐
나 걸어온 길 위에서 맺은
별빛 같은 인연들에도 먹줄을 놓는다면
발자국 소리에 달려올 이름 얼마나 되려나

무지개와 나

무지개가 떴다
산 너머를 쫓아 내달리던
기억의 모서리가 낡아 둥그러진
옛날이 있다
둥글다는 것은 모나지 않다는 것인데
모나지 않은 것도 만질 수 없는 것인지
만질 수 없다는 것은 멀리 있다는 것
무지개가 멀다
여기까지 와서야 세상이
멀다는 것을 알아차리다니

저녁 강이 숲에 들어

강에 나가 저녁을 기다렸네
푸른빛이 눈부신 은빛이
전율처럼 노을을 펼쳐 파문의 수를 놓고 있네
이럴 때면 눈물이라도 찍어 내고 싶은데
황금빛 능라의 베틀을 걸어
수만 수천 굽이 춤추는 물결들
단숨에 물들이는 시간 말이야

누군가는 저 강에 들어
생의 마침표를 찍고 싶다 하였네
사람도 숲에 들면 고요해지듯이
내리꽂고 솟구치며 세상의 낮은 곳으로 노래하다
분노하여 범람하고 길이 막혀 신음하던 강물도
반짝이는 모래톱과 화엄의 바다 가까이 가닿을 거야
거기 갈대의 숲
안식에 든 숨결들을 생각하며
자장자장 찰랑이다 잦아들겠지

저녁 강은 바다에 이를 것이네
숲에 들 수 있겠지 그곳에서는
비상하던 새의 허공도
낡고 고단했을 발자국도
그리운 적막에 안길 것이네

맹꽁이가 밤새

끊이었다 이어졌다
짝을 찾는 것이냐
도리 없는 무엇이 엄습한 것이냐
깜깜 늦도록 맹꽁이가 운다
적막하다 화답도 없이

맹꽁~ 꽁 홀로 운다
목을 놓을 때가 있다
쏟아지는 애간장을 혼자서는 도저히
걷잡을 수 없어서
기진맥진 바닥을 치고서야 겨우

오락가락 장맛비 틈새
선잠 깬 뒤척임으로
맹꽁이가 파고든다
나도 따라 넋을 놓아야 하는 것이냐
소리 내어 울어 본 지가 언제였더라

너를 그리고 싶었네

꿈꾸는 비밀이 속삭였을 것이다 거기 숨바꼭질처럼 숨겨 놓았던 그 은밀한 벽장을 열면 그물에서 걷어 올린 꿈틀거리는 풍경이 사막의 사구처럼 펼쳐져 있었네 밤새 창문 너머 초원과 늪과 황무지와 만년설의 눈보라와 먼바다를 달려온 폭풍의 격정이 밀려왔다 스러지고 햇살이 내미는 싱싱한 잎사귀에 물방울이 톡 또르로~롱 뛰어다녔지

불꽃놀이로 뿌려진 별들의 하늘과 뭉게구름이 몰려오는 파란 도화지에 반짝이며 점등되는 문자들, 궤도를 벗어 버린, 중력을 거부하며 나무와 새와 저 산 너머를 유영하는 자유로운 영혼으로 살고 싶었는데 너를 그리고 싶던 나의 원죄

어린 왕자로부터 새드 무비

불시착의 연속에 있었다
바오밥나무들이 점등을 하는
비상활주로의 길 끝에 사막은 시작되었다
사막이 공간 이동으로 뛰어든 이유는
불시착의 그 처음이 발단이었다는 정도로 생략하
겠다
그리하여 그리움이 사막을 메아리쳤다

파상공세를 퍼붓는 풀들에 쫓겨
앞마당에 왕마사를 깔고부터였다
사락사막
발자국 소리마다 사막이 전염되어 불려 나왔다
불시착한 철새들의 울음이 묻혀 있었다
홍고린엘스 노래하는 모래산이라는
남고비사막의 첫 밤처럼 저녁이 드리워지고
곧 하늘이 모자라게 별들이 뜰 것이므로
나는 보드카와 방랑의 담요를 두르고
사막의 밤으로 누울 것이다

밤하늘에는 불시착을 한 채
이 별에서 살아온 시간이 상영될 것이다
오 새드 무비♬~
서툰 배역은 견딜 수 있을 만큼만 고통스러웠다
잔기침쟁이 장미와 사막여우처럼
길고양이 룰랄라도 충분히 길들여진 채
이별의 적응기를 끝냈으므로 나를 떠나갔다 하여
염려하지 않기로 한다
돌아갈 시간이 머지않다는 것을 안다
엔딩 자막이 올라오며 점멸하는 활주로에
꽃을 피우지 못해 울던 사구아로 선인장의 곡성이
화면을 채울 것이다

2부

손목이 지워진 시

국수

한때 언제 국수 먹게 해 주냐는 말 무수히 들었다
그 말에 날 잔뜩 세우기도 했다
국수 먹게 해 주냐는 말 점점 무심해졌다
국수 먹게 해 주냐는 말 점점 듣지 않았다
국수 좋아한다 국수 장사하자는 소리
그럭저럭 간간하고 심심치 않게 들었다
후루룩~ 나 한 국수 한다
국수, 스님을 미소 짓게 한다고 승소라 부른다는
그 스님도 내가 끓인 국수 먹고 싶다고 했다
사람들 내 국수 참 많이도 먹었다

삼팔 구례 장날

짓고 땡 삼팔광땡이 아니라
삼팔 장날 구례 장날 말이야
감칠맛이라고 아는가 몰라
흥청지껄 냄새들 복작복작거리는데
글쎄 장 구경은 눈을 감고 다녀야 한다니까
어물이며 채소전들 잰걸음으로 돌아보다
충동구매는 절대사절인데
아삭거리는 구례 오이 한 바가지
비린내 나는 물 좋은 바다 뒤 마리 흥정을 치르고
어느 날엔 대장간에 맡긴 내 무딘 도끼날이
새벽처럼 세워지기를 바라 보며
낡고 늙은 내 시도 빳빳하고 시퍼렇게 벼려졌으면
꽃 같은 욕심을 끼워 보기도 하다가

사과와 붉은 동백나무 값을 끝내 받지 않네
갓 등단한 싱그러운 시인이 펼쳐 놓은
나무장사 좌판에 들러 수작을 하다가
그 맞은편 장날만 문을 여는 장터 주막에 앉아

녹두전을 시켜 놓고 술 따르네
어 이게 누구신가
붉은 얼굴들 하나둘 꼬여 드네
젓가락 장단을 흥얼거리다가
세상을 삿대질하다가
장터 끄트머리 어부의 집 청국장을 훔훔대거나
간판도 모르는 돼지국밥집에서
너무 많이 준 고기를 건져 내놓거나
가끔은 가야식당 시래깃국도 후루룩거려

버스 시간표를 또 놓쳤네
하룻밤 풋정처럼 뉘 집에 자고 갈까
가만있자 다음 장에는 누굴 꼬드겨 또 올까

영혼을 꿰어 안주를

꽃 소식이다
소쇄원 제월당에 자리 폈다 매화꽃 띄우며
한밤을 풍덩 거문고 껴안고 찻잔에 빠졌다가
엿으로 유명한 창평 지나는데
장날이다 창평장
장 구경 외면할 수 있는가
엿 먹어라 엿도 사고 튀밥 튀는 소리에 깜짝도 하다가
순창 장구목에서 잡았다는
다슬기 한 됫박 들고 돌아왔다
어간장과 집 간장과 매실 효소와
물을 넣고 마늘 고추를 더해 끓인 후
다슬기를 까는데
청승이다 청승이면 어떠냐
가물거리는 눈과 지나온 나이와
도르르 도르르
다슬기 속이 말려 나오는 모습과
내 영혼을 꿰어 내놓는다면, 이 겹쳐진다

누군가 올 것이다
술을 마신다면 술안주가 될 것이다
밥을 먹는다면 지나온 길 순탄치 않았으니
짭짤한 반찬이 될 것이다
이런 짓이나 한다
다슬기장이면 어떠리

하소연하다

언젠가는 향기로운 꽃들의 서사로
길 끝까지 인생의 서정을 닦으리라

소설가 한창훈의 말을 빌면
내 시는 집 주변을 넘지 않는다네
마당의 풀꽃 이름과 나무 뒤 그루로 운을 떼고
텃밭의 채소와 벌레를 엮어
어눌한 말투처럼 풀어놓다가
새나 나비 등의 권속으로 간을 맞추면
얼추 끝난다는데

시도 영혼도 그렇게 날개 달아 훨 훠얼
병든 문밖을 날려 보낼 수 있다면
불면의 이 새벽 내내 쓰고도 좋으련만

상추 도둑

도심 골목 담벼락 밑 작은 꽃밭
어느 할머니 애지중지 상추와 쑥갓을 키웠으리
자식들 따라나서며 논밭을 버린
속창시 빠진 마음
솔솔 재미 붙이는데
누가 자꾸 뽑아 가나 그 심사
궁리 끝에 헌 종이 박스에 써서 꽂아 놓았구나

> 도동년 나뿐연
> 상추 뽀바간연
> 처먹고 디저라
> 한두번도 아니고 매년

아따 그러니까 이게 저주라면 참말로 독한 저준데
상추 먹고 급살 맞을 사람 어디 있을까
할머니는 자못 심각한 일인데
무섭다기보다 재미있어서
도동년은 이제 욕도 처먹었겠다 상추를 또 뽑아 갈

것 같고

그다음 처방은 뭐라고 내걸릴까 슬슬 궁금해지고

시방 나는 웃음이 나는 걸 어쩌겠는가

수국

여름 뜨락에
쪽빛 물방울무늬 치마가 서 있다
한 자락 바람이 슬쩍 스며 못내 수작 건네는데
속없이 웃네 푸른 잇속이 흔들릴 때마다
파도치는 파 르 릉
내 몸에 번져 물들이네
파란을 일으키는 풍경이 휘~청이네

사투

반신욕을 시작할 때 띄었다 오래도 한다고 생각했
다 영감이 일어났다 치약을 짜서 다시 닦는다 집요하
다 손목이 팔과 어깨가 치를 떨듯 이를 닦는다 절박한
각개전투다 한바탕 땀이 솟아 내렸다 탕 속에서 나와
칫솔을 들고 옆에 앉았다

싱겁게 끝났나 칫솔을 씻더니 대야에 물을 받아 우
물거린다 게워 내듯 뱉는다 양치질을 끝내고 일어났
다 샤워를 마치고 나오도록 영감은 세상의 견딜 수 없
는 어떤 씻기지 않는 치욕을 입에 담았나 퍼부었나 옷
을 입고 나가기 전 욕탕 문을 열어 건너다볼 때까지 더
럽고 끈질긴 욕처럼 필사적으로 입을 헹구고 있다

나 언제 저처럼 지독하게 붙잡고 있던 사랑이 있었
나 저 영감의 양치질처럼 닦고 또 닦아 손목이 지워진
시가 있었던가

순자강 사연

적성강은 임실 순창 장구목을 지나는
섬진강의 이름이다
남원과 곡성 신기어림을 흐르는 섬진강의 이름은
순자강이다
정겹고 촌스럽고 아무튼

병든 어머니 어느 겨울
메추리 고기가 먹고 싶다 하시네
들과 산 헤매었으나 메추리
씨알도 구경 못 했네
저무는 강가 탄식으로 나갔네 저거 저거 봐라
지극한 아들의 눈에는 수많은 물오리 떼들
메추리로 보였네
오메오메 머시냐 그 오리메추리 드시고
어머니 벌떡 일어나셨네
마을 사람들 그 강의 이름을
메추리 순, 아들 자,
순자강이라 불렀네

염색을 하고 베틀을 걸어
남은 목숨을 건너겠다는 곡성 순자강가
인자 다 놓아 번졌어야
그러니까 돈도 명예도 사랑마저 뒷전이란 말인가
늙은 사내가 들려주는 전설 따라 삼천리
나는 그 강, 순할 순 짜 놈 자 짜
징허게 순하고 순헌 것들이 사는
순자강이라 부르고 싶네

총명불여둔필聰明不如鈍筆

옹기장이 이현배에게
총명이 둔필만 긋디 못ᄒ다 ᄒ니
라 쓴 옹기필통을 받았다

낮잠을 잤는데
무슨 꿈을 꾸었던가
문밖을 내다보는데
비가 오고 있었다 눈 내리고 있던가
별이 뜨는 밤이었는데
아침 꽃이 피고 있었나

생각나지 않는 꿈과
생각 사이의 행간을 뒤적거리는
이제 총명銃名을 잃고
총기銃器 또한 없어졌으니
나는 평화로운가
총칼보다 강하다는 시마저 버린다면
총명聰明이 둔필만 못하다 했으니

친절한 경고

달달하고 구수한 꽃다방표
미국에서 살다 온 병희 형은
한국에 이렇게 맛있는 커피가 있는 줄 몰랐다고
놀라기도 했다는데 한때 반짝 팬이었다는데
전라도 어느 마을 고장 난 자판기 앞
격문이 붙었다

자판기 아짐 보씨요
다음에도 커피 눌렀는디
비타파워 나오면 기계는 죽소
이거시 한두번이 아니요
양심껏 장사하씨요

저 비장하고 결의에 찬 단호한 의지
기계는 죽소라니
한두 번이 아니었다니
멱살을 잡혀 흔들리고
탕탕 주먹다짐 손찌검 발길질에

욕을 먹였어도 애 진작이었을 텐데
허참, 그것참, 경고가 친절하다

인정했다

술에 취한 오줌보 달랠 길 없어 와다닥 골목으로 뛰어들었는데 뉘 집 담장 아래 터진 둑처럼 일 보고 있는데 맹렬하고도 그악스럽게 개가 짖어 댄다 그래 미안하다 인정하마 개처럼 살아왔다고 잘못 살아왔다고 오줌을 누다가 짐승처럼 꺽꺽거렸다 시인 유용주의 이야기다 나 또한 인정하마

어금니 두 개 빼고 20년 다 되도록 바람 새던 자리 치과 하는 친구 덕에 임플란트 끼우고 전주한옥마을 지나 간이정거장 가는 길 자꾸 침이 흘러 손수건 사려는데 아가씨가 묻는다 "아버님이 쓰시게요?"

순간 우리 아버지 돌아가신 지가 언젠데 대답하려다 정신이 번쩍 들었다 뭐라고 그러니까 저 말이 나를 가리킨 것이지 나 원 참~ 손수건 사지 않고 잰걸음으로 멀어지다가 그래 인정하자 여태 장가 한번 가지 못해 아버지 되지는 못했으나 이미 그 나이 차고 넘친다는 것, 손수건 다시 샀다 나도 인정했다

소원

치자가 붉었다
향기로 인해 꽃이 꺾이기도
벌레와 새들 쪼아 먹기도 했으나
꽃 진 자리 열매가 맺고 익었다
속절없이 그냥 버려지기도 할 것이다
옷감으로 물들여져 그리움을 환하게 색칠하거나
들기름 고소한 갖가지 부침의 노랑을 돋우는
때깔 좋은 입맛으로 스며 눈을 즐겁게도 할 것이다
남아 있는 것 이제 긴 기다림이다

그런 자리가 있었다
소원을 말해 보라는, 스님들 재촉을 한다
"이번 생이 끝날 때
다시는 어떤 생명으로도 태어나지 않고
소멸되었으면 하는 것인데요"
이구동성이다 줄따귀처럼 쏘아 온다
"야-_-"

몰랐다 소원이란 하고 싶은,
바라는 생각을 말하는 것이 아니라
그 소원을 이루기 위한 최선의 삶을 다한 이후에
기도하는 간절한 것이라고

치자처럼 붉던, 얼굴 화끈거림이라니

차꽃 앞에 놓는다

겸손하다는 말이
어울리는 꽃이 있다
순결하다는 말이
그 곁에 미소를 머금고
살며시 배어 있는 꽃이 있다
그리하여 곱기도 곱구나
몸을 낮추고 눈을 맞추어야 비로소 보이는
아미 숙인 수줍음이 뒤따라 나오는 꽃이 있다
첫사랑을 고백하던
그 떨림 같은 꽃이라니
사랑한다는 말이 그렇게도 부끄러웠을까
꼭 그만큼 숨은 듯 다소곳이 너는 피었구나
그윽하여라
첫눈처럼 내렸구나
꽃송이 눈꽃송이 함박눈처럼
소복소복 소담하게도 너는 피어나서
달빛과 별의 향기 길어 올렸으리
서리서리 서리를 펼쳐 놓는 밤이나

날리는 눈보라 아랑곳하지 않다니
고요하여라
세상의 단아하고 고혹한 시어들을
노란 가을 햇살의 꽃술 속에 안고 품었구나
일찍이 어떤 꽃의 수사가 하마 이러할까
네 앞에 나를 기꺼이 내어놓는다

3부

어쩌자고 저렇게
대책 없는 별들을

은단풍나무 소리

옛날 나무를 만났다
바짓단을 걷은 어린 풋살 위
죽죽 붉은 길 새기던
언덕 위 은단풍나무
동생과 나 종아리를 매 맞던 저녁
햇살에 반짝거린다
먼먼 여행길
아름드리 은단풍 나무 속에
찰싹 찰싹
어머니의 그 맵던 회초리 소리가
담겨 있다니

보드카를 마실 시간

달리는 영혼이었나
중앙아시아의 창밖
흔들리며 다가오는 황무지는
추 추*~ 말 잔등을 채찍하는 유목의 길이다
해 질 녘 소꼴을 먹이는 아이와
흙먼지 날리는 길가에서
환한 손 흔들어 주는 순한 얼굴들
오래지 않은 어제가
돌아가야 할 내일이 아니냐고 묻는다

기억들은 미루나무가 많은 옛 마을을 더듬는다
저 나무들 사이 흙먼지 자욱한
낡은 버스가 달리기도 했지
그 버스 꽁무니가 흘리는 낯선 냄새를 좇아
코를 벌름거리기도 했는데
코딱지만 한 가게를 할까
작은 그리하여 정겨운
발걸음이 걸어나올 것 같은 점방

문을 열고 들어서면 외할머니와 어머니는
만두를 빚던 손을 옷자락에 훔치며
옛날처럼 일어나실까

추억과 시간과 나는
붕붕 봉고차를 몰고
하늘이 맞닿는 산골을 돌며 꿀벌을 칠 것이다
벌들이 돌아오는 저녁을 기다리는 동안
낮잠을 자다가
그림자를 늘이다가
시집을 끄적거릴 수 있을까
너무 많이 흘러와 버린 것은 아닌가

전차 같은 바퀴를 달고
세상의 험한 길을 어디까지 갈 수 있나
자꾸 쥐가 나오는 낡은 다리에 힘을 줘 볼까
너도 그렇게 늙어 왔구나
아무도 굽어보지 않는

슬픔을 돌아서서 감다가
얽힌 실타래처럼 풀어 보다가
늙어 가도 좋아

양고기가 익을 때까지
보드카를 마시다가
쓰러질 수 있을 거야
술에 취해 춤을 추다가
몸이 파랗게 녹아내려 버려서
물을 떠나지 못하는 물이며
물새면 구름이면
한 잎 풀이면 어떠리
한여름의 겨울이면 어떠리
그 겨울의 여름이면 어떠리

양고기가 익었다
보드카를 마실 시간이다

* 중앙아시아 키르기즈스탄 등에서 말을 빨리 달리게 할 때 말
을 차거나 채찍을 휘두르며 내지르는 소리.

인도를 가네

가는 길 인도에는 인도가 없네
릭샤와 자전거와 흰 소와
기지개에서 막 깨어난 늙은 개와
먼지를 뒤집어쓴 차량들이 내지르는 온갖 음계의
요란한 경적들로 붐비네
인도의 길에서 인도를 보지 못했으나
그 길의 한쪽 야윈 손을 내미는
원 달라 원 달라
외면당하고 허기진 구원의 경문들 속에
제 키보다 긴 사탕수숫단을 머리에 인 소녀가
남은 해를 거둬들이며 집으로 가네
몸집보다 큰 자루를 멘 소년의 어깨에는
앙상한 땔감들이 매달리듯 실려 가네
저 작은 등짐에서 허기를 달래는 끼니가 나오리라
밥상이 되는 불길이 지펴지리라
낑낑거리나 흐뭇한 아이들의 단단하고 밝은 얼굴이
미소를 짓게 하네
인도의 아이들이 인도를 가네

별 떼들이 질주하네

어쩌자고 저렇게 대책 없는 별들을 퍼부어 놓았을까
앉고 섰다 뒹굴며 함부로 누워 보았다
온갖 느림으로 밑도 끝도 없이 막무가내로 펼쳐지는
말과 양과 염소와 소와 낙타 들의 대지
몽골의 하늘에 무단투기 집단방목으로 풀어놓은 별
들은
그 슬픈 눈망울에 바다가 담겨 있다는
남고비사막의 고독한 여행자
쌍봉낙타들의 눈물인 줄도 모른다

누군가 저 별들 주머니에 잔뜩 넣어
지리산 자락 섬진강가 뿌려 달란다
그 별들 밤마다
게르의 문을 두드리던 사막의 바람을 부르며
시리고 푸른 몸을 셋으리라
강물은 그리하여 반짝일 것이다
밀려온다 쏟아진다 난무한다
은하 건너 별들의 저 어딘가에도

아이들은 풀밭에 누워
밤하늘을 우러를 것이다
폭죽을 쏘아 올릴 것이다

과녁이 되어 버렸다
가슴마다 화살이 되어 달려오는 별들은
왜 알고 있는 세상의 모든 탄사와
학습되지 않은 욕들을 자아내는가
드디어 칭기스 보드카 병이 쓰러진다
흔들린다 비틀거리며 춤춘다
초원의 바다 그 수평선으로부터
그늘 깊은 사구 너머 지평선까지
길을 잃은 별 떼들이 온밤을 마구 질주한다

사막의 은유

그 사막의 초원에는
두 줄의 현악기, 톱쇼르*를 안고
풍찬노숙의 길 위에 현을 긋는 이가 있다
토올치**,
외로움과 고독이라는 해자를 파고
멀리 외따로 혼자 산다는 멸종위기
시인이라 부르는 소수 종족이라네

모래의 기도가 쌓아 올린 황금의 사원
사막의 사구에 붉은 저녁이 오는가
바람을 부르며 허공을 건너는
수염수리의 긴 휘파람으로
토올치가 노래 부르면
길을 잃은 슬픈 별들이 찾아와
밤새 상처받은 영혼을 씻는다지

사막에 비가 오면 작은 부추꽃들
무리무리 별빛을 빚어 초원을 펼치는 것

날개를 찾은 별들이 하늘로 오르며 떨군
맑고 환한 눈물의 은유라네
몽골의 밤하늘에 깊고 푸른 별들
더 많고 반짝이는 바로 그 까닭이라네

* 몽골의 두 줄 현악기, 마두금의 원형이라고 한다.
** 몽골의 대서사시를 톱쇼르로 연주하며 들려주는 사람, 시인
이라고도 부른다.

기원정사 *

간절한 기원이 있을 것이다
어디로부터 와서 어디로 가는가
길을 묻는 시작과 무시무종의 화두를 생각하며
깊은 고요에 안길 것이다
안개 속의 기원정사 보리수** 아래
몸을 떠난 잎을 주워 손에 올린다

나는 평등한가
보리수나무에서 일어나 평생을 걸어간 청년이 내민
위아래 없는 자비를 만져 본다
뒹구는 잎새 하나에도 생로병사의 인연이 닿아 있
다니
안개의 이쪽과 저쪽
생각 밖의 생각과 지금껏 일어난 기원정사에서
살아서 만나야 할 기원과 그 무엇도 아닌 기원과
모든 전부이기도 한 기원을
보리수 나뭇잎에서 읽는다

흔들림 없는 사자의 걸음으로 나아가라***
길은 다만 안개에 가렸을 것이다
안개 너머 길을 따라나선다

* 붓다가 설법을 피던 사원.

** 붓다가 자주 그 아래에서 선정에 들었다는 아난존자가 심었
다 하여 아난다보리수라고 부르는 나무.

*** 화엄경(或見經行時에~丈夫獅子步로다) 중 붓다의 걸음걸
이를 비유한 대목에서 차용.

갠지스강가에서

갠지스강의 모래알처럼
수많은 사람이 산다네
나 살아온 수많은 인연들에도
모래알 같은 기억들이 있다네
수많은 사람들의 눈마다에는
저마다 보고 싶은 세상들로 아우성인데
수많은 인과로 인한 그 인연들마다에도
기억들 지워지지 않고
꿈틀거리네
갠지스강물은 흐르고
내가 지금 보고 있는 강물은 보이는 강물이 아니리라
나를 스친 인연도 다만 어제의 인연이 아니리니
거기 꽃이 피었는가
꽃을 말하는 이여
그대 누구인가 어디 있는가
꽃 속이었나 꽃 밖이었나
언제 꽃이 있었던가
바라나시 강가에 왔네

다람살라에 있다

사랑과 자비를 배우며 크는 아이들이 있네
떠나온 조국 먼 설산이 보이는 곳
지진으로 폐허가 된 인도의 변방
그 땅을 얻어 망명정부를 세운 곳에
먼저 아이들의 밥과 옷을 입던 아이들이
다음 아이들의 밥과 빨래를 해 주는 학교가 있네

NEVER GIVE UP
결코 포기하지 않았던 스물다섯 살
청년 달라이라마가 마음을 세운,
나보다 먼저 다른 사람을 생각해요
교훈도 아름다운 학교에
굴렁쇠를 굴리는 내 어린 날 똑같은 아이가
운동장을 가로지르고 있네

TCV*, 다람살라 티벳 어린이 마을에는
빼앗긴 나라의 모국어로 세상을 껴안으려는
아이들이 산다네

설산을 넘어오다 부모를 잃은 아이들을 위해 시작한,
방학이 되어도 갈 곳이 없는 아이들을 위해
어머니가 되어 주는 마을과 학교가 있네
티벳 아이들의 이야기를 알려 주세요
그 학교를 졸업한 아이가 교장 선생님이 되어
두 손을 모으네

따뜻한 사람들의 사랑과 자비를
함박눈처럼 퍼붓고 싶은,
빈자일등貧者一燈의 심지를 모아
불 밝혀 주어야 할 아이들의 마을이
땅의 이름처럼 성자가 사는 집이라는
다람살라에 있네

* TIBETAN CHILDREN'S VILLAGE. 달라이라마가 다람살라에
세운 티벳 어린이 마을.

초원에서 문신을 새기다

한때는 강력한 제국을 이뤘으나
변방으로 내몰린 나라
가다가다 몽골의 초원을 달리다 신기루로 만난
바다,
바다인 줄 알았다 아니 바다였다 초원의 바다
그 초원의 바다가
종일 시야의 먼 경계를 따라다녔다
우기의 몽골
번개가 꽂히는 벼락의 길이 선명하다
틈만 나면 무지개가 떴다
쌍무지개가 뜨기도 했다
게르의 침대에 눕거나 엎드려 시를 썼다
새벽녘 초원의 수평선에서 사막의 지평선으로 내달
리다
던지듯 벗어 버리고 뒹굴다 누워
별들이 머리맡으로부터 발끝까지 다가오는
터무니없는 비현실에 빠져 눈물을 흘리기도 했다
그 새벽은

세상의 사진기로는 담을 수 없었으므로
두 눈에 써 넣었다
처절하도록 아름답고 고통스럽게 문신을 새겼다

둔황

보았을 것이다
흔적도 없을 발자국을 새기며
떠났을 것이다

그대 둔황의 모래산 명사산에 올랐는가
천년 석굴에 들어 장엄 만다라에 취해 보았는가
명사산은 바람이 쌓아 올린 모래의 노래라네
천년 석굴의 불법은
둔황이 지어 올린 천 배 만 배 향기로운
땀방울이라네

귀 기울이면
과거와 미래와 현재를 들려주는
진언의 말씀이 울려 나온다네
그대 사막을 가던 두 눈이 목격했을 것이네
날마다 명사산이 막고굴과 유림굴과
석굴 속 불상들이 걸친
비단 같은 옷자락을 제 몸에 그려 놓는 것을

바로 그것 숨 쉬는 불법의 증거라네

그대 삼생에 걸친 천년의 노래를 듣고 싶다면
둔황에 가 보시라 하네

향 사르는 고요

꽃잎을 여는가 향 내음
사위에 어리며 빛을 뿌리네
향불 올리는 고요
한 자루 제 몸을 살라 스스로를 낮추고
엎드린 적념을 일으켜 세우네
허공중에 길을 닦아 향기로 물들이네
내미는 한 줄기 연기는
그대가 있으므로 내가 있고 없고
연기緣起의 세상을 일깨우네
한 촉 향에 나투는 지극한 공덕이여
향 사르는 손길이여

가섭의 누더기

덕지덕지
내 욕망의 옷장은 언제야 다 비워내나

옷을 벗어 스승이 앉을 자리를 편 사람이 있다
꽃을 들어 보인 뜻에 말 없는 웃음으로 답하고
스승이 내어준 옷 한 벌로 평생을 삼으리
마음을 버린 이가 있다
버림받고 외면당하는 고통과 상처 속으로
걸어갔으리라
분별없는 한 몸
남루를 껴안고 미소를 덧대었으리라
자비로운 슬픔을 모아 한 땀 한 방울
누더기가 되어 병든 세상을 깁고 기워 갔으리니
누덕누덕 덕을 지어 나누고 입었으리니
몸은 늙고 낡았으나 스승의 오른 자리에 빛나는 이여

12사도의 섬

섬에서 하루 갇히기로 했네
작은 산티아고, 스스로를 가두고자 그 섬에 내렸네
기점 소악도 잿빛 바닷가에 꿈꾸는 집이 있네
파란 지붕과 파란 문을 열면
엉겅퀴꽃 창문 너머 그대에게 가닿는 내 그리움
일렁이는 파도에 무릎 꿇고
묵상에 드는 창문의 기도가 있네
그 집, 베드로의 집을 나와 종을 치며
열두 개의 성당, 12사도의 십이 킬로미터
순례의 처음을 시작하는 것이네
거기서부터 일 킬로미터를 가면
마법에 걸린 공주가 갇혀 있을 거야
알라딘의 모자인가 아라베스크의 돔 위에 고양이가
누군가의 간절한 기도를 들어 주려는 듯
쫑긋거리고 있네

어찌도 저리 붉고 노란 노을에 물들었나
정열의 맨드라미가 집시 춤을 추는 바람 부는 섬의 길

또 그쯤에 서 있지 일 킬로미터를 더 가면
연인들의 분홍빛 감미로운 기도가 들려오는,
물고기들의 파닥거리는 비늘이 숨 쉬는,
섬들의 이야기를
그 섬에 사는 섬사람들의 체념과
탄식의 그늘을 풀어놓고 있는
작은 예배소들이,

굳이 구원을 읽지 않아도 좋아
여기 내몰린 섬의 기도에 앉아 하루 종일
하루 종일 햇살을 영접할까

섬과 섬을 잇는 노두 길에 물이 들면
다시 길이 열리기까지 두 시간 반쯤
길가에 앉아
노래를 하거나
춤을 추거나
시를 건져 올리거나

섬에 갇힌 그대를 위한 춤을
섬을 위한 시를
파도를 위한 노래를
노두 길로 이어진 네 개의 작은 섬,
기점―소악도
물이 들면 가고 오는 길은 잠겨
그대 다시 기도소로 돌아가 썰물이 올 때까지
기도를 드려야 하는 순례의 시간이 있네

바다의 끝과
섬의 시작에 작은 기도소가 있네
섬과 섬을 건너
십이 킬로 다 돌았다
전화기를 들었다 어 여기가 어디냐면
일천네 개, 천사섬의 바다, 신안의 바다가
아침 배를 띄운다

미륵사지탑이 말했다

천년도 훨씬 넘은 일이야
그때 백제의 석공들 왕도로, 미륵사로 모여들었지
쩡쩡 정 소리가 미륵산을 채우던 날들
돌 속에 누운 탑을 깨워 한층 탑신을 세울 때마다
미륵이 오기를 기다렸지

너무 오래 서 있었을까
흥망성쇠의 비바람에 물길도 바뀌며
날마다 얼굴을 씻던 연못은 메워지고 말았어
홀로 지키며 단단히 다져 온 땅바닥이 내려앉고
버림받은 몸은 기울며 금이 가고 있었지
쓰러지기 시작했어
아무도 내 이름을 불러 주지 않았어
슬픔으로 무너져 내린 초석을
석재들을 들고 가 버렸는데
덕지덕지 시멘트에 뭉겨지고 말았어
얼마나 고통스럽고 답답했던가
사람들이 찾아와 바뀐 얼굴을 보고 가며

혀를 쯧쯧거렸지

다시 천년 만에 미륵산 아래 사람들이 모였어
바뀐 물길을 잡아 돌려 땅을 다지고
석공들의 정소리는 지게목발노래에 실려 퍼져 나
갔지
막무가내로 내 몸에 욱여넣은 것들 벗겨 내고
아름다운 사람들이 한 땀 한 땀
늙고 부러진 몸을 붙이며 새살을 채워 주었지
메워진 연못도 파내서 물을 담고 그러니까
단장한 얼굴을 비춰 보라고 거울연못을 만들어 주
었어
시멘트와 묵은 때를 벗은 몸이
수줍도록 눈부시네
이렇게나마 서 있을 수 있다니
욕심부리지 않아 세상의 곳곳으로 떠나간
미륵을 소원하며 구층탑을 이루던 탑신들
그 자리 깃들어 사람의 집에 기둥을 받쳐 주는

주춧돌이며 당신이 내게 건너오는
디딤돌이 되는 것도 괜찮아
언젠가는 모래알로, 한 줌으로 돌아가겠지
이제 미륵을 기다리지는 않아
나를 찾아와 꿈을 탑돌이 하는
바로 지금이 미륵 세상이라는 것을 알기 때문이야
고마워, 내 몸을 다시 일으켜 준 이들이여
그 살뜰한 마음 씀이여

정선

정선에 가면 첫사랑을 다시 만날 수 있다는
터무니없이 두근거리는 전설이 떠돈다는데
정선이라고 부르면
강원도 산골 정선에는
어쩐다지 정선아이~ 불러 보고 싶은 이름의
여자가 살고 있을 것 같네
달덩이 같은 웃음 마냥 좋아 보였지
그녀가 보름달처럼 둥실 떠오르면
굽이굽이 동강이나
으랏차차 공중부양 치솟은
절창경의 몰운대도 눈에 선히 어리지만
아우라지 아라리 정선아리랑을 먼저 들먹거리게
하네
아리랑 아리랑 아라리요 어깨춤 절로 우줄대는데
청승맞다 낮달은 자꾸 술잔에 빠져드나
정선 장날 메밀전병에 술기운 거나해졌는데
누구의 푸짐한 품을 베고 잠이 들었나

"오늘 갈는지 내일 갈는지 정수정망 없는데
맨드라미 줄봉숭아는 왜 심어 놨나
강물은 돌고 돌아서 바다로나 가지만
이내 이 몸은 돌고 돌아서 어데로 가나"

꿈결인 듯 아우라지 강물에 뗏목은 흘러가고
어느 전생 나도 그 뗏목꾼이었을까
흘러 흐르고 흘렀는데
아우라지 거기서부터 한 십 년 흐르다 보면
해당화 붉은 꽃잎 난분분내 휘영청거리고
기엄등실 일엽편주의 푸른 바다로 넘실거릴 것 같네
그대의 눈에도 그려 놓은 꿈같은 풍경이 있을 것이야
그래 한 백 년쯤 날을 벼린
적어도 한 백 년은 기도를 하고 간절해져서 다가가려는
사랑 같은 것 말이야
사랑이란다 사랑 말이야
첫사랑의 설렘이야 이 나이 언감생심 택도 없지만
정선아 정선아이~

목을 빼고 기다려 볼거나 숨이 차도록 찾아 헤매일
거나
정선에 와서 첫사랑의 청춘을 떠올린다
꽃분홍 붉게도 취한다

4부

아랫목이 슬프도록 따뜻했다

인사말

 이웃들, 벗들, 새와 달과 양철지붕에 내리는 빗소리
와 별과 나무 그리고 텃밭의 벌레와 채소들과 찾아오
는 손님들과 지고 뜨는 해와 꽃등처럼 내건 곶감과 마
당의 꽃들과 아침 고요한 차 한 잔과 처마 끝 풍경소리
와 계절마다의 비바람과 함박눈에게 감사의 말을 전
하네

 또한 깊은 밤 자꾸 방 안으로 기어 들어오는 개울물
소리와 푸른 하늘과 따뜻한 장작더미와 삶의 뜨락을
쓸어 주는 인연의 빗자루와 혼자 먹는 밥상의 쓸쓸함
과 그 밥상 위의 장식이 되어 준 생명들과 내 안의 웃
음과 미움과 분노와 눈물과 슬픔과 사랑들께 깊이 허
리 숙이네 가엾은 내 몸과 영혼이여 고마워요 거듭 감
사드리네

작은 나무

높은 산이기를 바란 적 없었네
산이라면 산맥을 이루며 서로의 어깨를 두르고
바다를 향해 달리는 앞산 옆산
작은 산이라면 하고
수줍은 흰 종이에 그려 보기는 했으나
언덕이라면 좋겠네
지친 등 기대어 줄
낮은 언덕이라면 그 언덕 위
아름드리 소나무나 느티나무 아니어도
새들의 노래 들려주며 바람의 춤을 추는,
따뜻하고 시원한 그늘을 내어주는
작은 나무이기를 바란 적 있었네

흰 무명옷이나 잿빛 삼베옷

풀 먹인 광목 이불이며 요
살에 와 닿는 그 까실까실이 싫었다
외할머니의 손길
손사래를 치거나 버릇없는 발길질로
걷어차 버렸는데 삼복 무더위
옛날을 떠올리며 생모시 홑이불을 꺼낸다
조물락 쪼물락
풀 먹인 그 이불 덮는다
검버섯 더덕더덕 외할머니의
까끌까끌한 손등이 와 닿는다
그리운 것들 편안해지는 나이에 들었나
미리 준비해 둔다는데 수의는 언제 마련할까
새 옷 불편할 거다
어머니가 지어 준 흰 무명옷이나 먹물 들인 삼베옷
관에 누워도 아무렴 입던 옷이 편하겠지
입고 다니던 옷가지 풀 먹여 입고 가야겠다

옷의 이력

아버지를 묻고 돌아온 날
죽은 나무의 재처럼 식은 벽 건너
어머니를 엿들었다
옷장을 다 꺼내 쌓아 놓은 그마다 내력
자초지종의 신세로 울음의 사설을 엮는
넋을 놓는 그녀를 달래기 위해 건네야 했다

입을 빤쓰가 없어 집 나간 아들에게 보낸
"아야 머시가 어서 언능 돌아온나
느가버지 빤쓰 쭈려 놨다"
왜 그때 그런 생각이 떠올랐을까
"어머니, 아버지 그 옷 줄여 주세요 내가 입을게"

곡비처럼 뺨에 비벼 대며 껴안던 아버지의
덩치 큰 옷들을 화들짝 밀치며 어머니는
내 몸에 손을 뻗어 가로세로 뼘 재기 시작했다
도란도란 눈 밝은 아들은 바늘귀를 꿰고
낡은 재봉틀에 앉은 어머니가 환했다

그렇게 옷이 만들어졌다
까만 머리 한복을 입고 다니던 청년의 까닭이 있었다

안부

뭐라고요 아니 말투가 왜 그래요
치매가 다시 깊어지셨나
전화기 건너 목소리가 자꾸 바람이 샌다 빠진다
앞니가 두 개 빠졌다고
팔순 넘은 주름살을 아이들처럼
이빨 빠진 도장구가 되었다고 놀려대다가
눈을 감으니 찰칵,
파파라치보다도 재빠르게도 찍혀 전송된다
픽, 내 입술에도 바람이 샌다 빠진다
내 눈가에도 주름살 깊게 춤춘다
어머니 까치에게 줬어야죠
헌 이 줄게 새 이 달라고 그때도 이제 옛날
구순 넘은 어머니
궁금한 틈니에 전화를 하는데
전화 받는 법을 잊어버리셨나
덜컥 가슴이 내려앉았다가 풀어졌다가

그녀가 준 이불

나왔다 들어갔다 구름 뒤 덮인다
애호박 썰어 널라며 반짝이던 아침은 뭐냐
가을 해가 변덕이다

늙은 아들 생일 깜박했다고 미역국 먹었냐는 전화,
아니 내가 애를 낳았어요 미역국은 어머니가 드셔야지
그랬는데 다음 날 부재중 전화, 생일 까먹었다는 통화
기억하지 못하고 다시 하셨나 전화 건다 두 번 세 번, 뭐
라고요 이불 보내겠다고요 싫어요 이불 많아서 둘 곳
도 없다고 단칼에 잘랐다 끊었다 누구 그 통화 들었다
면 저 못된 놈 혀를 찼을 것이다

마음 바꿔 그녀에게 갔다 요양원 물리치료실 여자
들 약속처럼 고개를 돌려 보더니 금세 똑같이 제자리
로 향한다 쿵 어느 집 대들보가 무너지나 어머니 하고
부르려던 목소리 쑥 들어갔다 더 작고 홀쭉해진 그녀
의 침대 옆으로 다가가도 몰라본다 그러다 힐끔 깜짝
놀라듯 일어나 미안하다고 아들도 몰라봤다고 다른

사람인 줄 알았다고 끌어안고 울먹이신다 내 눈도 뜨
거워졌다 고마워요 못난 아들 알아봐 줘서

　　그녀가 준 이불 받아 왔다.
　　어제 그제 그 이불 덮고 잤다
　　품 안이 따뜻했다

슬프도록 따뜻했다

그녀가 준 이불 펼친다
첫날 이불 아니더라도
새 이불 뻔히 아는데 자꾸 냄새를 맡아 본다
이 이불 덮고 잘 혼자 사는 아들 생각하다
요양원 침대 머리맡 꼼지락 부스럭거리다
귀가 단단히도 먹었나 보다 혼잣말을 하시다
말마디 영 듣지 않는 팔다리 엉거주춤 짚으며
이부자락 한 귀퉁이
검버섯의 얼굴 비벼 댔을 모습 그려진다
아랫목이 슬프도록 따뜻했다

시작의 내력

　수평을 잃었다 불편하다 툇마루에 앉아 어둠이 물러간 마당을 바라본다 햇빛이 펼친 새와 나비와 꽃들, 뜨거워지기도 했으나 이내 고요해졌다 사람의 말이 아닌 풍경의 노래가 주는 위로, 투명한 평화였다

　해 기운다 빛이 드러낸 그늘은 지워지고 산마을의 불빛 별빛, 반짝이는 개울물 소리가 찾아왔다 어디까지 흘러왔나

　마루에 앉아 바라보고 들려온 그 하루가 나를 어떻게 움직였는지, 어린 날 숙제가 남아 있었나 받아쓰기 시작했다 그렇게 시작詩作했다

잔인한 비문

산 자의 지문으로 죽은 자의 침묵을 써 왔으나
죽은 자의 노래로 산 자의 슬픔이 위로받으려니

봉인된 돌이 있다
쓰이지 못한
새기지 않은 이름이 갇혀 있는,
살아서는 낙인 붉은 사람들의
뼈와 살로 화석을 이룬
이를 악물고 그을린 울음 같은 비가 있다
거기 떠난 자의 다홍빛 명정에
흰 글씨를 써넣어야 하는가
지박령의 검은 이름표 블랙리스트로
탕탕 저격해야 하는가

백비*, 부를 수 없어 말문을 닫은 묵비
때가 되었다 누워 있는 돌이 일어나
사람의 말로 외칠 것이다
증언되리니 아비와 그 어미와

아이들의 한라산에 흐르던 매장당한 근대사
참으로 지독하고 잔인했던 평화의 순결한 피가

* 제주 4·3 평화공원에 있는, 아직껏 4·3의 올바른 이름을 얻지
못해 새기지 못한 비석.

지리산이 당신에게

고통스러운 시간들
사람뿐이었을까
호랑이가, 마지막 여우가
잔인한 밀렵꾼의 총탄에 안타까운 숨을 거둘 때도
나무를 오르내리며 재주를 부리던
새끼 반달가슴곰
몇 마리 남지 않았을 때도
품 안에 들어온 생명들 지켜 주지 못하는 내가
원망스러웠지
할 수 있는 일이 없었어
부끄러운 얼굴을 감추려고
구름을 불러 가릴 뿐
한밤에도 들렸을 거야
마른하늘에도 벼락을 치며 통곡하던 울음소리
고백할게 그랬었는데
케이블카를 놓고
모노레일을 깔고
산악열차를 달리게 하겠다니

이제 나를 지리산이라고 부르는 것이 싫어
지리산, 그 이름만으로도 자랑스러웠는데
이 커다란 상징성이 끔찍해
사람들은 왜 나를 가만히 두지 않을까
정말이지 이런 몹쓸 생각도 해 봐
내 안에서 자행되는 모든 개발이라는 파괴 앞에
그 탐욕 앞에
이를테면 지리산인 내가 스스로 죽어 버리는 것
그리하여 이 나라 모든 산이 강이 바다가
다 같이 목숨을 끊어 버린다면
그때쯤이면 사람들이 뉘우칠까 그리워할까
강은 강이 아니고 바다는
물고기들만의 바다가 아니듯이
지리산은 다만 지리산이 아니야
당신이 있으므로 내가 있듯이
아직 지리산이 이렇게나마 숨 쉬고 있다는 것은
당신의 몸 안에
나무처럼 자라나며 샘솟는 희망들이

함께 살고 있다는 것이겠지

미안해 나로 인해 잔뜩 짐을 진 사람들이여

고마워 나를 지켜 주려는 이들이여

온몸으로 거부할게

내 앞에 놓일 모든 절망의 지시대명사인

케이블카와 모노레일과 산악열차를

온몸으로 그리하여

팔색조와 정향나무와 지리터리풀과 반달가슴곰과

당신과 당신의 오늘과

당신으로 하여금 맑고 평화로울

저기 달려오는 나의 푸른 내일과

그 모든 인연들과

온몸으로 온몸으로 온몸으로 물리칠게

팔만대장경이 물들이네

겨울을 건너온 꽃과 초록이 봄날을 물들이네

길을 묻는 이에게 말씀의 손을 들어
자등명법등명
스스로 마음의 등불을 켜서 생의 나침반을 찾게 하듯
법 안에 길을 밝혀 광명 진리에 들게 하듯
팔만대장경 한 장 한 매가 향기로운 꽃입니다
팔만대장경 한 획 한 자가 고요한 명상과 성찰로,
천둥벼락의 주장자로 내리치며
참사람의 길을 인도하는
온통 사랑 아닌 것 없습니다
지극한 자비의 품 안으로 가는 큰길입니다

밥상 앞에 앉아 이 밥상이 걸어온
전생 다생 땀방울의 시간과
나를 통해 펼쳐질 우주 세상의 인연을 생각하며
비우고 바르게 채우는 공양게송을 하듯이
옴마니반메훔 장엄 팔만대장경이여

우주 만물 연꽃 속의 보석이여
팔만대장경의 처음이 그러했듯이
간절하게 서원했던 불사
나투고 다시금 도래하는 시간을 생각하네
나와 세상을 억누르고 있는
강대한 외세가 그렇고 내 안에 차고 넘치는
탐진치가 그러하네
인연생기의 이치가 바로 여기 있다
어찌 맞이하지 않겠는가
오늘 팔만대장경을 내 안에 모시네
내 안에 팔만대장경을 모신다는 것은
한 톨 팔만대장경의 씨앗을 틔우고 뿌리를 내려
사바세계를 받들 한 그루 기둥으로 키운다는 것이네

팔만대장경,
산벚나무와 돌배나무와 후박나무와
그 나무를 키운 비바람의 시간에
산과 강과 대자연의 고된 노고에

새긴 이의 눈길에, 보고 지켜 온 이의 마음에
그 눈과 마음이 나아갈 온전하고 마땅한 발걸음에
대자대비의 불법은 고스란히 각인되어 있으리니

팔만대장경 경판마다에 발원하고 담긴
맑고 깨끗한 정성을 떠올리네
그대들이 모여 세상을 이루듯
일심법계를 향한 믿음과 의지가 모여 팔만대장경을
이뤘네
그대들이 곧 무시무종,
화엄의 바다에 떠오르는 팔만대장경이네
시공을 넘어 피어나는 진여의 꽃,
무량한 팔만대장경이
해인삼매의 해인사를 물들이네

고요 한 점

어진 숲을 흐르는
밝은 바람 청하여 모셨네
산마루 돌 틈인들
뜨락에 우물인들
명상의 샘을 길어 차를 달이네
맑고 그윽하여라
해와 달, 별빛 감로는 익어
향기 깊어 왔으리
다관에 담기는 것 하늘이구나
한 점 티끌이다 거대한 중심이다
우주의 고요 한 점
내 마음의 점 한 점
찻잔에 띄우네

화사별서 花史別墅

꽃의 내력을 물어보리라
어느 손길이 붓을 들어
저리도 수려한 산을 일으켰나
꽃 같은 자태 화봉花峰 아래 그 집
꽃잎의 문을 열어 꽃자리에 들었네
초당을 잃은 뒤뜰이며
쇠락한 기와를 읽는 두 눈이 쓸쓸한데
한적한 집 뜨락이 세한송백처럼 고요하네
그대 별서의 마루에 앉아
귀 기울여 보았는가
뒷산 산봉우리가
꽃잎을 열며 들려주는 노래를
뜰앞 못 속에서 배롱나무가
붉은 꽃배를 띄우네
그렇구나 저 고즈넉한 못자리가
담을 넘는 마음일랑 붙잡는구나
악양면 정서리 고운 옛집
화사별서가 있네

굴비 익는 법성포길

뻘밭 가득 드는 것이 서해 바닷물뿐이랴
그물 가득 걷어 올린 조기 떼가 굴비로 익어 가는
다랑가지 길을 걸어 골목 골목 전설이 깃든
이야기들을 만난다네
그 세월 지금은 낡고 무너져 흔적 없으나
귀 기울이면
발자국을 따라 그대 걷는 그림자 속에 살아오리니
마한과 백제의 땅
천년 법성포의 숨결이 숨 쉬고 있으리니
먼 뱃길을 따라 이 땅에 불법佛法이 들어오고
그대 들리지 않는가 저기 저 너머 목넹기
휘영청 파시波市가 흥청거리던 소리
거기쯤 쑥구지 샘물이며
동헌 터를 도란도란 품은 비각거리를 돌아
광풍명월 풍류 소리 고담했을 제월정은 어디어디쯤
인가
법성진길을 걸어 법성창길쯤이면
싱그러운 갯내음 물씬거리고 그 길에

불어오는 뱃고동을 실은 가슴은
맑은 고기 떼의 은비늘로 반짝이며 적실 것이네
그리하여 오르락내리락 어느덧 좌우두 길에 이르신
다면
이끼 낀 돌담들 법성진성길 옛날들을 만난다네
그 길 아름드리 팽나무들 파도처럼 굽이칠 것이네
한여름에도 서늘한 바람이 불어오는
푸른 숲쟁이는 세상 어느 형용을 덧붙이리
그대와 내 안의 당신과 걸어가는 길
혼자면 어떠리 더불어 함께 술잔 기울여도 좋으리
그 자리 참 밝고 향기로우리라
내 마음의 작은 바다
굴비 익는 포구의 법성포길 걷고 걸어도 좋으리

지리산은 지리산의 자리에서 노래하네

바다가 바다인 것은 바닥으로
가장 낮은 곳으로 향하는
강물을 품어 주기 때문이네
산이 산인 것은
지리산이 그 자리를 지키고 있기 때문이네
변치 않는다는 것이지
돌 속에서 돌을 꺼내 돌의 자리에 세우고
나무 속에서 나무를 꺼내
나무로 자라게 했기 때문이네
제자리에 있어야 하네
사람은 사람의 자리에
반달가슴곰은 반달가슴곰의 자리에 있어야 하네
그대는 보지 못하는가
산자락마다 깨알처럼 모여 사는 마을과 마을을
능선과 능선 너머
푸르고 푸른 첩첩의 산 능선을
그리하여 사랑의 처음처럼 거기 서 있는 지리산을
그 곁을 따라 그대와 나의 마른 꿈을 적시며

골짜기마다 풀어놓은
논과 밭을 키우고 흐르는 섬진강을
정녕 그대는 보지 못하는가

산을 향해 걸어가지 않으면
산이 불러 주는 노래를 들을 수 없다네
나무를 죽여 길을 낸 모노레일을 타고는
쇠말뚝을 박고 바벨의 철탑을 올려
산을 정복하려는 케이블카를 타고는
탐욕과 쓰레기 같은 망상으로 능선을 파헤치고
산사태를 일으키며 달리는 산악열차를 타고는
고요한 풍경이 내게 걸음을 멈추게 하는 소리도
영혼에 들려오는
그 빛나는 시간 앞에 마주서서
귀 기울일 수도 없네 무릎 꿇을 수 없다네
품 안을 내어주며
지친 걸음들 쉬게 하는 바위에 앉아 보지 않고는
돌 속의 돌, 돌 안에 누워 있으나

그대의 내면에 교감하여 일어 나오는 그대의 모습
꺼내어 보거나 만져 볼 수도 없을 것이네
작은 땀방울이 없이는

길 끝과 다시 또 길의 시작에 펼쳐지는 산과 산,
그리움을 잃지 않고 서 있는
산속의 산, 산 밖의 산, 산 너머의 산,
지리산
너에게로 가는 푸른 길
꿈틀거린다 손짓한다 춤춘다
내 안의 바로 너
너와 함께 가는 발걸음이
내딛는 세상의 모든 시작이기를
나누는 사랑이기를

내 안의 당신께

저문 강에 내린 마음으로 편지의 시작을 썼을 것이
다
가슴을 뛰게 하는 연분홍을 숨기지 않겠다고도 했
을까
빛나는 풍경의 가장 중심에 당신이 있었으면
그런 꿈을 꾸었다
당신의 눈동자에 사로잡혀
같은 곳을 바라보고 싶은 내 고백이었을 것이다
잠든 당신의 얼굴에 미소 짓고
당신보다 먼저 눈을 떠 향기로운 찻물
올려놓고 싶은 욕심쯤은 부려 보고 싶었던 것

내 어리석은 이마를 바닥에 댈 수 있으니
절하겠습니다
무릎을 꿇을 수 있는 다리가 있으니
절하겠습니다
두 손을 모아 기도할 수 있으니
절하겠습니다

삶의 간절함은 어디에서 오는지
비로소 눈먼 날들이 나를 여기 이끌었는지
살아 있으니 절합니다
내 안의 당신께 절합니다

5부

파문과 파문과 고요와 고요와

산에 드는 시간

1

쓸쓸하다는 것은
누군가를 향하여 피워 올린
오랜 날들의 그리움이
그 기다림이
이윽고 깊어진다는 것이다

2

오래 기다려 본 약속이 있다
오래 기다리게 했던 사랑도 있었다
뜨거워지는 것에 목숨을 걸으리라
그런 시절이 있었다

3

마음의 평화와 고요로부터 오는 아침을 생각한다
그 길 위에 번민의 고난이
별빛과 달빛과 맑은 햇살의 노래가 오고 갔다

4
무게가 있기 때문이다
영혼이 흔들린다
작고 가벼워져야 비로소
낡은 시간을 안고도 자유로울 수 있는 것
흐를 수 있는 것

5
거기도 첫눈 내리느냐
너를 향한 설렘과 그리움이
두 눈 가득 함박눈, 첫눈을 부른다

6
벗어났다 갇혀 있었던 것이다
갇혀 있었다고?
머물렀던 것이다
머물렀다고?
사랑이 떠나간 것이다

7

너 때문에 별이 반짝인다
초롱꽃이 피었다 너 때문이다

8

고정되어 있으면 희미하다
들어오지 않는다
앞의 너머
그 뒤쪽에도 비틀거리고 흔들리며
나지막이 독백하는 것이 있다
애써 침묵하는 것이 있다
악을 쓰는 것이 있다
고요한 것이 있다

9

그대 안에
일어나고
스러지며

흘러가는
순간들
내 안의 앞뜰과 뒤뜰
파문과 파문과
고요와 고요와

10
마음이 자라서 불러냈다
덥고 춥고 꽃피는 것
사랑 때문이다 변덕 같은
사랑을 탓해라

11
사랑
그렸다 지운다
지운 자리에 쓴다
가닿을 수 없는가
가닿고도 남을 간절함으로
그리운 얼굴을

아픈 이름을

12
너를 잊었다
마음에 되뇌었다
이쯤에서 내
고통스러운 사랑은
거두기로 한다

13
옛날이 불편하다
이 버릇은 도대체 어디에서 오는 것이냐
습관이 자주 옛날을 꺼내 본다

14
자라난 상심이 유리창에 가 닿으며
성에를 키운다
입김을 불어 손가락에 지워지는 성에처럼

상처도 지워지는 것이라면

15
어떻다 어떻다
내게도 저런 허물이 있을 것이다
그렇지 그렇지
나 또한 맞장구를 치지 않았는가

16
순한 나물을 먹고 순한 생각을 하고
악이 오를 대로 오른 고추를 먹고
맵고 독한 생각을 하고

17
예순 넘어 드는 생각
너그러워지기를 가까이하고 가까워져야
스스로를 경계하고 참으로 겸손해져야 하는데

18

보보공부步步工夫요 처처도량處處道場이라

그래 내딛는 걸음걸음이 공부요

머무는 곳곳이 깨달음의 도량, 공부방이다

나 지금 어디에 머무느냐 어디를 걷고 있느냐

19

문밖의 저 생명은 어디서 왔나

내 안에 우주가 건너온 시간을 들여다보는

오늘 입춘 아침

다시 또 매화꽃을 보여 주시는군요

비우지 못하고 갇혀 허덕이고 있는데

20

낮은 돌담 너머 감나무

붉은 꽃등을 내건

가을을 걷는다

탐한다

나지막한 탄성이
발길을 멈추고
풍경을 더듬는다

햇살들 익어 가는
꽃 같은 나날
내 탐은 꽃 건너 구름의 창을 열고
하늘거리는 속살까지도
더듬거려 가는데

21
너 어디다가 주먹질이냐
갓난아기가 주먹을 쥐고 있다
착하지 손 펴 봐
앵 하고 부르니 초초초
어라 금세 뒤따라 나오네
앵초꽃이 피었다

22

요란하게 오셨구나 개울물 불었다
빗속에도 밤새 환하다 여겼더니
꽃등을 내걸고 있었느냐
누군가의 깊고 어두운 창에도
세상의 슬픔과 고통 곁에도
환하고 따뜻한 불 밝혀 거는 사랑 있으리
뜰 앞에 초롱꽃이 피었네
아직은 불 밝히고 있으라고
그리워하라고
마음의 붉고 곧은 심지에
등불 켜 있는가
초롱초롱 초롱꽃이 피는 나날

23

아랫집 강아지가 시끄럽다
사슬 때문이다
나 또한 얼마나 많은 줄에 묶여 있는가

포기하고 길들여지고 익숙해지기까지
은발의 머리칼을 갖게 되기까지

24
놀라워라
작은 꽃눈이 견뎌 낸 시간이라니
겨울을 건너온 모란이 봄날을 물들인다

아침이 빗방울을 뿌리고 갔나
또르르 또르릉
모란이 싱그럽다
내 안에 붉은 키스가 들어오네
물든다 마디마디 감긴다
향기로부터 행복이 오다니

25
간밤 별똥별 여기 떨어졌네
보랏빛 도라지 꽃등을 밝혔다

네 눈 속에 뜬 꽃 한 송이 생각하는 밤
내 마음의 창에도 별이 가득 떠오르네

26
하루살이가 하릉 하릉
길가에 몰려나와 떼거리로 난다
나 또한 마디마디의 시간 속에
바등바등 얼마나
하루를 목매었나

27
방전이 다 된 기계로 몰리는
그런 시간이 있다
마른 풀섶에 주저앉은 낙엽처럼 풀썩
빠져나간 혼을 바로 붙잡아 와야 한다
오래 나가 있으면
증세가 위험하다

움직여야지 빨래 널었다
사람들 왔다갔다 깔고 덮은 자리
누가 왔다갔나 이부자리 자욱한 여기저기 발자국
말간 햇볕을 뿌리고 채워 놓았네

28
물결은 모래톱을 씻겨 주려고
찰랑촐랑거리고
강가 대숲에 바람이 불자
새들이 댓가지에 앉아 그네를 타네
서그럭 사그락 찌그덕 끼르륵
물결은 일고 바람은 춤추네
새들은 흔들림에 몸을 맡기고
외줄을 타듯 곡예를 하네

29
산달래꽃
저 꽃봉오리를 언제 열까

기다리는 시간 사이
그리움이 깊다
봐라 멀리서도 사랑은 향기롭지 않은가

30
싱그러운가
풋풋한 것들
밀려오는 초록이 눈부셔서
못 견디겠는가
아침 봄날 속에서 누가 부른다
잎새들 뒤쪽
작은 종소리가 숨어 있다

은방울꽃
은방울꽃이

31
너를 기다리는 동안

꽃이 피고
너를 기다리는 동안
별은 반짝이네
너를 기다리는 동안
새는 노래하고
너를 기다리는 동안
강물이 범람하고
알고 있니
사랑으로 온통 차오르는 시간인
너를 기다리는 동안

32
항아리에 담겨 익어 가고 있다
상처의 시간을 건너서
풋내 나던 차 향기가 무심해지기까지
고개 숙여지기까지
산다는 것
강이 되어 강물로 흐르며

강을 내려놓는 일이네

그리울 때 나는 시를 읽는다

정철성(문학평론가)

  박남준 시인이 모악산방에 거처하던 시절이니 오래
전의 일이다. 원로 시인과 대학 교수와 그가 변산 나
들이를 할 예정인데 함께하지 않겠느냐고 전화가 왔
다. 대학 교수가 여행을 좋아하는 원로 시인을 모시고
나가는 길에 심심치 말라고 그를 불렀고 그 틈에 나도
끼워 준다는 것이었다. 이런 초대를 거절하면 여파가
향후 십 년에 이를지도 모른다. 그렇게 따라나선 길의
자세한 여정이야 기억에서 거의 지워졌지만 점심 식사
의 한 장면은 지금도 생생하다. 식당의 위치는 격포가
아니면 줄포였다. 맑은 소주병이 옆에 놓이고 활어회
접시가 식탁의 가운데를 차지했다. 그 시절 횟집에서
는 상에 올리기 직전에 손질했다는 사실을 보증하기
위하여 내장과 살을 발라 낸 물고기의 몸체 위에 저민
회를 가지런히 쌓는 것이 관행이었다. 횟감의 머리가
살아 움직이는 시간이 길수록 숙수의 솜씨가 더 훌륭
한 것으로 대접을 받기도 했다. 물속 물고기를 뭍에

끌어내어 숨쉬기 곤란하게 만든 것으로 모자라 살과 뼈를 분리하고 뼈대 위에 살을 늘어놓는 조리법을 누가 처음 만들었을까? 차곡차곡 늘어선 살의 핏기 없이 하얀 조각들과 둘러싼 몸체의 황갈색 껍질이 극명한 대조를 이루는 이런 치장이 사라진 것은 정말 다행이다. 식탁 위에서 도다리가 생사를 넘나들며 뻐끔뻐끔 입을 오물거렸다. 나는 도다리와 눈을 마주치는 것을 피하는 각도에 나의 방어선을 구축했다. 보다 못한 남준이 적상추 한 장을 들어 녀석의 눈을 가렸다. 그러자 원로 시인이 빙긋 웃으면서 한마디 하셨다. "시인이 너무 마음이 여리기만 해도 병일세." 진정 어린 조언의 말씀에 남준이 반응을 하지 않았던 것은 자리가 어려웠기 때문일 것이다. 나들이가 끝나고 헤어지는 자리에서 나는 그에게 물었다. "왜 그러셨어?" 그가 말했다. "사람이 어떻게 그냥 보고 있을 수가 있나?"

어떻게 그럴 수 있는가라는 말은 『맹자』에 나오는 불인지심不忍之心과 닮았다. 나는 이 구절을 "차마 (모질게) 못하는 마음"이라고 풀이한 것이 마음에 든다. 남의 고통이나 불행을 그냥 지나치지 못하는 마음이다. 사람이 금수와 다른 것은 이런 공감 능력 때문이라는 판단이 신유학의 전래 이후 비로소 조선인의 심

성에 뿌리를 내린 것인지 아니면 인간이 집단생활을 하는 곳이면 어디서나 자연스럽게 내면화에 성공하는 것인지 분별한 능력을 나는 갖추지 못하였다. 양자의 만남이 상승작용을 일으켜 지금까지 하나의 기준으로 자리를 잡았을 것이라는 절충론이 그럴듯하다고 생각할 뿐이다. 세상에는 착한 사마리아인이 드물지 않다. 착한 사마리아인은 『누가복음』의 비유에 등장하는 인물이다. 복음서를 기록한 이는 노상강도가 등장하는 곳에는 착한 사마리아인도 삼분의 일 확률로 나타날 것이라고 믿었던 것일까? 나는 "차마 (모질게) 못하는 마음"을 박남준의 시에서 여러 번 만났다. 나는 예전의 시집을 들추어서 다시 확인한다. 「가슴에 병이 깊으면」에서 그는 "한 포기의 풀을 뽑는 일도 마음대로 쉽지 않아서 모질게 다져먹지 않고는 손댈 수 없다"고 하고, 「무서운 추억」에서는 "쑥국 생각 한동안 그 쑥들 한 움큼 뿌리를 자르다가 이렇게 봄날을 먼저 기웃거리는 것을 이 여린 것을 먹고 살겠다니 잔인하단 생각 삶이 이다지 무서운 일이지 나물국 한 그릇도 마음에 걸리다니 세상이 너무 아득해진다"고 한다. (두 번째 인용구는 쉼표를 적절히 삽입해서 읽어야 한다.) 길을 잃고 다리를 저는 양을 보면 착한 사마리아인은 틀림없이 상처를 씻고 싸매어 회복을 도울 것이다. 그러나 그가 무화과를 반으로 갈라 쳐다보면서 이 고운 것을 내가 어찌 먹는단 말인가 하고 가슴을 두드리는 일은 없었을 것이다. 박남준은 종종 연민의 더듬이를 칼날처럼 세우다가 스스로 베인다. 쓸쓸함을 움켜쥐고 놓지 않는 것도 그의 고질병이다. 지나치게 섬세하여 위태롭게 보이는 그의 마음씨는 이번 시집에 이르러 조금 순화된 표현을 찾았다. 그는 "밥상 앞에 앉아 이 밥상이 걸어온/전생 다생 땀방울의 시간과/나를 통해 펼쳐질 우주 세상의 인연을 생각하며/비우고 바르게 채우는 공양"(「팔만대장경이 물들이네」)을 받아들인다.

시집의 권수가 늘어가도 어투와 관찰의 대상에 큰 변화가 없었는데 이번 시집에서 나는 그가 시인이라는 업종에 대하여 상당히 진지하게 반추하고 있음을 발견한다. 시인이 누구인가? 그가 대답한다. "외로움과 고독이라는 해자를 파고/멀리 외따로 혼자 산다는 멸종위기/…… 소수 종족"(「사막의 은유」)이라고. 이것은 다분히 고답적인 시인관이다. 그러나 나는 박남준이 소환하는 시인들의 삶과 시를 떠올리면서 그가 우리 시대의 시인이 어떤 인물이어야 하는가를 에둘러 제시한다고 추측한다. (유용주의 시와 박남준의 시 사이의 거리가 시와 소설 사이의 거리보다 더 멀게 보이는 것은 외양의 차이에 불과한 것일까?) 아울러 그는 자신의 시 제작 과정을 누설하기도 한다. 「하소연하다」에서 그는 소설가 한창훈의 영업비밀 공개에 맞장구를 치고 있다.

> 내 시는 집 주변을 넘지 않는다네
> 마당의 풀꽃 이름과 나무 뒤 그루로 운을 떼고
> 텃밭의 채소와 벌레를 엮어
> 어눌한 말투처럼 풀어놓다가
> 새나 나비 등의 권속으로 간을 맞추면
> 얼추 끝난다는데
>
> ─「하소연하다」 부분

울타리 안의 사물들로 충분히 시를 만들어 내고 또 그런 시들을 쉼 없이 쓰는 것은 그가 집에서 쓰는 시들이 자기 시의 본령이라고 믿고 있음을 보여 준다. 나는 이런 시들이 마음의 풍경을 그리고 있다고 판단한다. 한옥이 주변의 경치를 빌려와 차경으로 삼는 것처럼 그는 마음의 창에 들어오는 꽃과 나무와 새와 짐승과 산과 강과 별을 노래한다. 그렇다. 그의 시는 전통적 장치를 그대로 활용한다. 그런데 나는 집 안에서 쓴 시 못지않게 길 위에서 쓴 시도 수량이 만만치 않다는 사실에 주목한다. 나의 투박한 계산에 의하면 5부의 연작시를 제외하고 시집 속 작품 1/3 남짓이 길 위에서 쓴 시이다. 물론 집 안과 길 위라는 구분은 경계가 불분명하여 엄밀한 기준으로 사용할 수 없다. 어느 "도심 골목 담벼락 밑 작은 꽃밭"(「상추 도둑」)처럼 장소가 명확하지 않은 경우를 문제 삼는 것이 아니다. 「정선」은 '정선아라리문학축전'을 위하여 쓴 것이고, 「지리산이 당신에게」는 '지리산 산악열차 백지화 현장행동'을 위하여 쓴 것이다. 그는 이 시들을 직접 행사장에서 낭송했다. 그런가 하면 「잔인한 비문」은 4·3 70주년 기념 시 모음집 『검은 돌 숨비소리』에 기고한 것이다. 세 편의 시는 집에서 쓰고 밖으로 가져간 것들이다. 한편 여행지에서 쓴 시들은 여행의 경험을 집으로 가져와 쓴 것으로 추정된다. 이 집이 반드시 악양 동매리의 심원재일 필요는 없다. 길 위의 체험이 집안에 들어와 시가 되었다. 그는 세상의 구석구석에 발걸음을 찍었다. 방문지의 목록을 살펴보면, 집에서 멀지 않은 화사별서로부터 시작하여 구례와 정선과 창평의 장터들, 전주 한옥마을, 고향 법성포, 순자강, 기점 소악도, 미륵사지와 해인사 등은 국내에 있고, 남고비사막, 키르기즈스탄, 몽골, 둔황, 그리고 인도의 기원정사, 바라나시 강가, 다람살라 등은 국외에 있다. 그는 이 지명들의 여행담을 시로 남겼다. 그의 마음의 창은 자신이 기억하는 것보다 훨씬 더 많은 풍경을 비추고 있다.

창호를 확장하지 않아도 가까이 다가서면 많은 것들이 보인다. 돌아서서 문을 열고 밖으로 나가 길 위에 서면 더 잘 볼 수 있다. 그는 스님들과 어울려 오래 길을 걸었다. 감화가 적지 않았음은 불문가지이다. 이전에도 절집과 인연이 깊었던 그는 심심치 않게 불심을 노래했다. 그러나 이번 시집에서는 대놓고 부처의 가르침을 전파하고 있다. 내용은 새로울 것이 없다. 팔만대장경에 누락된 깨우침이 따로 있을까? 어떤 시인들은 발견을 즐긴다. 그들은 관찰자와 사물 사이에 새로운 연결을 시도하고 그것을 알아보는 독자로 하여금 세상을 처음 보는 것처럼 들뜨게 한다. 이런 발견의 기쁨은 모든 것이 언제나 새로울 수 없고 또 새로 만든 연결이 일회용이 될지도 모른다는 불안함을 대가로 치러야 한다. 박남준의 시는 섣부른 새로움을 추구하지 않는다. 내가 보기에 그는 전통적이고 고전적인 지혜의 실천에 관심이 있다. 지혜가 아니라 실천에 방점이 찍혀 있다. 그 예를 나는 「기원정사」에서 목격한다.

간절한 기원이 있을 것이다
어디로부터 와서 어디로 가는가
길을 묻는 시작과 무시무종의 화두를 생각하며
깊은 고요에 안길 것이다
안개 속의 기원정사 보리수 아래
몸을 떠난 잎을 주워 손에 올린다

나는 평등한가
보리수나무에서 일어나 평생을 걸어간 청년이
내민
위아래 없는 자비를 만져 본다
뒹구는 잎새 하나에도 생로병사의 인연이 닿아
있다니
안개의 이쪽과 저쪽
생각 밖의 생각과 지금껏 일어난 기원정사에서
살아서 만나야 할 기원과 그 무엇도 아닌 기원과
모든 전부이기도 한 기원을
보리수 나뭇잎에서 읽는다

흔들림 없는 사자의 걸음으로 나아가라

길은 다만 안개에 가렸을 것이다

안개 너머 길을 따라 나선다

—「기원정사」 전문

　기원정사는 기수급고독원정사를 줄인 말이다. 뜻을 새기면 제타 태자의 숲에 외롭고 쓸쓸한 사람들의 후원자(수닷타 장자)가 세운 사찰이 된다. 인도의 한 언어가 중국어를 매개로 음과 뜻의 조각 모음으로 전해져서 기원정사가 되었다. 기원祇園과 기원祈願의 음이 같은 것을 빌미로 삼은 말장난은 시적 방종의 예이다. "살아서 만나야 할 기원과 그 무엇도 아닌 기원과/ 모든 전부이기도 한 기원"에서 기원은 정사라는 공간이고 동시에 그때나 지금이나 변함없는 간절한 바람이다. 두 번째의 뜻으로 보면 인용구는 바라는 것과 바란다고 할 수도 없는 것과 바라는 것도 아니고 바라지 않는 것도 아닌 것들 모두에 대한 소원으로 읽힌다. 이보다 더 심각한 방종은 "무시무종의 화두"라는 구절에 들어 있다. 무시무종은 부처의 말씀일 터이나 나는 수행자 싯다르타가 화두를 들었다는 말을 듣지 못했다. 화두는 메이드 인 차이나, 중국제이다. 좀 더 정확하게 말한다면 당나라 스님들이 만들기 시작했다. 시의 화자가 들었다는 무시무종의 화두는 조선 말

기와 식민지 시대를 겪으면서 되살아난 한반도 선맥의 한 인연이 더해진 것이다. 그렇다면 화자는 기원정사에서 부처의 음성이 아니라 자신의 목소리를 듣고 있다. 내친김에 한마디 더 중얼거려 보자. "흔들림 없는 사자의 걸음"이 『화엄경』의 한 구절을 차용한 것이라고 밝힌 것은 고마운 일이나 나는 시인이 자신의 시에 붙이는 주석을 마뜩하지 않게 여기는 편이다. 여행자에게 소중한 것은 발과 신발이다. 그래서 부처의 위용을 찬미하는 게송 가운데 걸음걸이를 빌려온 것인가? 한글 번역을 찾아보니 경행經行을 태어나 처음 일곱 걸음 걸으신 것으로 풀이하였다. 그렇다면 이 걸음은 아기 사자의 걸음이 된다. 시의 맥락에서 구도와 전법을 위한 부처의 출행을 본받아 사자처럼 걸으라는 뜻을 어렵지 않게 알 수 있으므로 그것이 반드시 『화엄경』의 걸음걸이일 필요가 없다. 그런데 박남준은 정말 화엄의 바다에 빠진 것인가?

그저 그런 말씀의 변용이라고 여기면서 시를 일별한 후 미심쩍은 마음에 한 번 더 읽다가 "나는 평등한가"라는 구절에 이르러 얻어맞은 운판처럼 퍼뜩 정신이 들었다. 시의 화자는 나무에서 떨어진 보리수 잎을 하나 손에 들고 있다. 그리고 묻는다. 나는 평등한가?

얼핏 나는 평등한 대접을 받고 있는가라는 말로 들린다. 그러나 머리 위 나뭇가지에서 땅에 떨어진 잎을 손 위에 올려놓고 하는 말이라면 나와 잎은 평등한가라는 질문이 된다. 나와 잎의 평등을 누구에게 요구할 것인가? 대답할 사람은 나밖에 없다. 나에게 물으면 나는 잎을 평등하게 대우하고 있는가를 대답해야 한다. 나와 잎은 평등한가? 그리고 다시 원래의 질문으로 돌아온다. 나는 평등한가? 원음이 프라즈나prajna라는 반야般若는 무분별지無分別智라는 뜻이라고 한다. 차별하지 말라는 지혜의 가르침을 평등으로 바꾸었을 뿐인데 여러 생각이 떠오른다. 비슷하게 얻어맞은 구절이 하나 더 있다. 앞서 인용한 바 있는 「팔만대장경이 물들이네」에 나온다.

> 나와 세상을 억누르고 있는
> 강대한 외세가 그렇고 내 안에 차고 넘치는
> 탐진치가 그러하네
> —「팔만대장경이 물들이네」 부분

외세와 탐진치의 대립쌍은 특이하다 못해 기이하다. 외세와 탐진치가 어떻게 안팎을 이룰 수 있는가? 탐진치는 탐욕과 진에瞋恚와 우치愚癡이다. 쉬운 말로 바꾸면 바람과 성냄과 어리석음이다. 그런데 "강대한 외세"는 무엇인가? 해인사의 고려대장경은 몽골의 침입으로 왕조가 위기에 처했던 시기에 조판되었다. 누가 만들었는가? 텍스트를 준비한 사람, 나무를 자르고 옮긴 사람, 소금물에 담가 경판을 만든 사람, 글씨를 쓴 사람, 글자를 하나씩 새긴 사람은 물론 이 사업을 주도한 이들의 이름도 남아 있지 않다. 나는 팔만대장경이 최이와 정안의 주도로 조성되었고 외적의 침입에 대항하기 위한 내부 결속의 의미가 컸다는 주장에 동의한다. 팔만대장경 조성 당시의 외세는 몽골이었다. 그렇지만 시의 화자는 "나와 세상을 억누르고 있는 강대한 외세"와 "내 안에 차고 넘치는 탐진치"를 병치시키고 있다. 지금 이곳의 외세와 탐진치이다. 이것이 박남준이 평소에 품고 있는 정세 판단인지 아니면 해인사라는 현장에서 떠오른 발상인지 시의 내용만으로는 판단하기 어렵다. 탐진치가 장애임을 인정하더라도 당대 한국 사회의 문제를 외세로 치환하는 것은 지나친 단순화일 것이다. 그럼에도 불구하고 외세와 탐진치를 연결하여 "나와 세상"을 하나의 그물 속에 넣은 것은 충분히 매력적인 숙려의 실마리를 제공한다.

마지막으로 사랑에 대하여 살펴보자. 박남준의 시에서 사랑은 새삼스럽게 따로 언급할 필요가 없을 정도로 해묵은 소재이다. 그런데 이 시집에는 「산에 드는 시간」이라는 철 지난 사랑가가 있다. 번호를 붙여 연결한 이 연작시는 짧으면 두 줄, 길면 열두 줄의 짧은 시들을 32개 모은 것이다. 미리 의도를 세워 배열한 것이 아니라 떠오르는 상념들을 하나씩 모으다 보니 이만큼의 부피에 이른 것으로 보인다. 앞에 나온 시집 『중독자』에도 「풍경이 눈부실 때」와 「구름이 오래 머물 때」라는 두 편의 연작이 있었다. 두 편의 시가 신변잡기의 일종이라면 「산에 드는 시간」은 연가에 한 걸음 더 가깝다. 자전적인 성격이 짙은 박남준의 시는 대부분 시인과 화자를 구별하는 것이 별 차이가 없는 것처럼 속임수를 부린다. 그래서 그 지독한 사랑의 대상이 누구인가라는 호기심에 빠지기 쉽다. 이런 종류의 질의응답은 종종 범인을 쫓는 탐정소설처럼 흥미진진하다. 그렇지만 그녀가 누구인가, 또는 그녀가 누구인지 알고 있는가를 나에게 물어도 나는 대답하지 않을 것이다. 박남준의 사랑가가 그날 무슨 일이 일어났는가를 말하는 것이 아니라 그날 이후 무슨 일이 일어났는가를 말하고 있기 때문이다. 불요불급한 질문을 뒤로하고 이 사랑이 어떤 종류의 사랑인가를 한

번 조사해 보자.

박남준의 시가 취하는 가장 흔한 자세는 기다림이
고, 기다림의 대상은 그리운 것들이다. 그동안 그가 그
리움의 대상으로 꼽은 것들을 가족사를 포함한 유년
시절, 인연이 닿았던 사람들, 꽃과 나무와 새를 비롯
하여 살아 있는 것들, 함께 흔들리는 풍경, 이것들로부
터 점점 나아가 나라 또는 세상 등으로 분류할 수 있
다. 작은 것으로는 부추꽃부터 큰 것으로는 별이 바
다를 이루는 우주에 이르기까지 삼라만상을 다 포함
하고, 내면의 반응으로 살피면 우연한 만남의 기쁨으
로부터 대오각성까지 뻗어 있다. 그런데 젊은 날 시작
한 사랑은 모두가 샘을 낼 정도로 유구하다. 박남준의
시가 장구한 세월 동안 변함없이 보여 주는 사랑의 끈
기는 문학사에서 전례를 찾아보기 힘들 정도이다. 계
속 증가하는 기다림의 무게 때문에 숨이 막힐지도 모
르겠다는 걱정을 해야 할 지경이다. 그리운 것들에는
"영혼을 흔"드는 "무게"가 있다. 그런데 그는 "작고 가
벼워져야 비로소/낡은 시간을 안고도 자유로울 수 있
는 것/흐를 수 있는 것"(「산에 드는 시간」)이라고 주장
한다. 그의 기다림은 재회가 아니라 작고 가벼워짐을
추구한다. "뼈마디마다 불꽃을 피우"며 오체투지하는

「절」에서도 작고 가벼워지는 것이 과정이자 목표로 설
정되어 있다.

> 꽃잎의 주소를 따라가면 환해지고는 했지
> 강가에 나가 꽃배를 띄웠다
> 일상이 간절해야지
> 점점 작고 가벼워져
> 꽃배를 타고 건너가야지
>
> ―「절」 부분

　「산에 드는 시간」을 사랑가로 읽을 때 눈에 들어오
는 것은 그리움과 기다림이 동시에 등장하는 장면이
다.

> 1
> 쓸쓸하다는 것은
> 누군가를 향하여 피워 올린
> 오랜 날들의 그리움이
> 그 기다림이
> 이윽고 깊어진다는 것이다

> 29

산달래꽃

저 꽃봉오리를 언제 열까

기다리는 시간 사이

그리움이 깊다

봐라 멀리서도 사랑은 향기롭지 않은가

—「산에 드는 시간」 부분

그리움과 기다림을 함께 언급한 것은 이전에 보지
못하던 배치이다. 그는 아마도 그리움과 기다림이 대
칭을 이루고 있음에 착안하였을 것이다. 양자의 대칭
구조는 다분히 상상을 자극한다. 그리움이 거울을 보
면 기다림이 보이고, 기다림이 거울을 보면 그리움이
보인다. 그들은 상대의 얼굴을 자신의 얼굴로 믿어도
좋을 만큼 서로 닮았다. 그리움과 기다림의 대상은 사
람과 사물과 사건 등이 모두 가능하다. 박남준의 시
에서 사랑은 작고 가벼워짐의 실천에서 가장 넘기 어
려운 관문처럼 보인다. 따라서 「산에 드는 시간」이 사
랑을 노래하는 것은 훌륭한 방편이 된다. 그는 그리움
과 기다림의 두 기둥 위에 사랑의 신전을 세웠다. 그리
움과 기다림을 다른 용어로 바꾸면 기억과 욕구가 가
장 흡사하다. 내가 보기에 기억은 인간이 과거의 체험
또는 사건을 생존에 유리하다고 믿는 방식으로 보존

한 것이고, 욕구는 경험의 연장선상에서 적당히 더 많은 것들의 소유와 성취를 위하여 미래에 투사하는 기대이다. 기억과 욕구는 서로 대칭을 이루고 있다. 한편 기억과 욕구는 다른 방향으로 망각(또는 왜곡)과 좌절을 수반한다. 기억과 욕구 사이의 긴장을 자체 목적으로 유지하는 것은, 비록 "청승"맞고 "쓸쓸"해 보일지라도, 그의 시가 망각과 좌절로 추락하는 것을 방지한다. 그리하여 그의 시는 사랑이 우리를 구원한다는 오래 묵은 깨침으로 인도한다. 「아름다운 이치」는 그와 같은 각성을 요약하여 보여 준다.

> 뒤뜰에 창을 냈다
> 사과나무 묘목은 언제 몸을 열까
> 궁금함과 기다림 사이
> 그리움이 움튼다
> 여전하다 소식 없다 꿈쩍없더니
> 비비비 한 사흘 비 갠
> 뜰에 내려 두리번거린다 딱새다
> 통통통 발자국을 찍는다
> 휘이청 기다리는 먹이를 물고
> 사과나무에 앉아 망을 보다 푸릉 떠난 가지
> 오오래 흔들린다

흔들 흐은 들들들 손 흔든다
산다는 것 서로의 다리가 되어
건너는 것이구나
그리하여 어린 사과나무의 긴 잠이 깨었는가
꼬물꼬물 꼼지락거리며
눈곱만 한 이파리를 내미네
한 잎의 초록도
사랑이 깃든 후에야 싹을 틔우는
저 아름다운 이치라니

  ―「아름다운 이치」 전문

　딱새의 날갯짓에 어린 사과나무가 잠을 깬다는 속
단이 그럴듯하다. 이런 거짓말에는, 신데렐라의 유리
구두를 시빗거리로 삼지 않는 것처럼, 속아 주는 것이
미덕이다. 중요한 것은 사과나무와 딱새의 관계에서
"산다는 것[은] 서로의 다리가 되어/건너는 것"이라는
통찰을 얻었다는 사실이다. 그의 시에서 그리움과 기
다림은 관계를 만드는 도구이다. 딱새가 떠난 나뭇가
지가 오래, 아주 오래, 흔들리고 있음을 보는 시인의
눈은 저속촬영을 하는 카메라처럼 한곳을 계속 바라
본다. 그곳에 삶을 견디는 힘이 있는 것 같다. 관계의
힘은 오이와 생선과 묘목을 사고 도끼날도 벼리려고

나선 구례 장터에서 여러 사람을 만날 때 다시 확인된다. 「삼팔 구례 장날」에는 박남준 류의 해학이 세상을 건너는 징검다리처럼 놓여 있다. "장날만 문을 여는 장터 주막"에 모여든 "붉은 얼굴들"은 누구인가? 술기운에 불콰해진 표정 아래에서 나는 햇볕에 그을린 노동의 살갗을 본다. 그들은 "세상을 삿대질"하고 있다. 그들은 광장에서 촛불을 들어 지상에 평화를 실현한 사람들과 같은 사람들이다.

이제 말문을 닫아야겠다. 역병이 온 세상을 휩쓸어 나들이가 어려운 시절에 시를 읽는 호사는 큰 위안이다. 형편이 좀 나아지면 구례 장터에 가서 "장터 끄트머리 어부의 집 청국장"을 함께 맛보고 싶다. 서역남로 호탄의 강가에서 옥돌은 그만두고 조약돌이라도 골라 볼 날이 멀지 않기를 소망한다.

어린 왕자로부터 새드 무비

2021년 4월 26일 1판 1쇄 펴냄
2024년 9월 5일 1판 7쇄 펴냄

지은이   박남준
펴낸이   김성규
편집   김안녕 조혜주 한도연
디자인   김동선
펴낸곳   걷는사람
주소   서울 마포구 월드컵로16길 51 서교자이빌 304호
전화   02 323 2602
팩스   02 323 2603
등록   2016년 11월 18일 제25100-2016-000083호

ISBN 979-11-92333-31-1 04810
ISBN 979-11-89128-01-2 (세트)